천 년 전 같은 하루

삶의 시선 025

천 년 전 같은 하루

초판 1쇄 발행 | 2007년 9월 18일

지은이 | 최성수
편집인 | 박일환
편집주간 | 김영숙
편집부 | 엄기수 박광수
펴낸곳 | 도서출판 삶이 보이는 창
등록번호 | 제18-48호
등록일자 | 1997년 12월 26일

(150-820) 서울시 영등포구 대림1동 929-5(2층)
전화 | (02) 848-3097   팩스 | (02) 848-3094
홈페이지 | www.samchang.or.kr

값 6,000원
ⓒ 최성수, 2007. Printed in Seoul, Korea.

ISBN 978-89-90492-52-4 03810

천 년 전 같은 하루

최성수 시집

삶이 보이는 창

　모래 먼지 벌판인 사막에서 용케 뿌리 내리고, 몸 녹이는 열기를 견뎌내는 낙타풀에는 온통 가시가 돋아 있다. 낙타는 사막 길을 가다 허기가 지면, 가시투성이 낙타풀로 주린 배를 채운다고 한다. 혀를 찔러대는 가시조차 맛으로 느껴야 하는 낙타의 허기, 그 아득함을 생각하며 나는 고비와 타클라마칸을 낡아 빛 바랜 햇살처럼 떠돌았다.

　중국 운남성에서 티베트로 가는 경계쯤에 '더친(德欽)'이라는 작은 골짜기 마을이 있다. 티벳어로 극락태평(極樂太平)이라는 뜻의 그 마을은, 그러나 히말라야 산맥의 깊은 골에 숨어있다는 것 말고는 전혀 이상향 같은 곳이 아니었다. 변변한 풀조차 없이 막막한 주름뿐인 산맥이 사방을 가로막고 있는 곳, 그저 산자락 물기 조금 있는 곳에 밭을 일구고, 나무 몇 그루 심어놓고 일생을 살아야 하는 그곳은 외지인의 눈으로는 결코 극락이 아니었다.

　시와 잠시 떨어져 있던 때, 나는 숱한 길들을 떠돌았다. 내가 떠돈 길들 중에서 유독 타클라마칸 사막과 더친의 히말라야 마을이 기억나는 것은, 그 두 곳이 모두 극한의 대조를 지닌 곳이었기 때문이다. 낙타풀의 가시와 낙타의 허기, 손바닥만 해서 더없이 푸르른 밀밭과 나무 한 그루

없이 깎아지른 산 주름, 그 대조가 삶을 더 처연하게 느끼
게 했다.

 십삼 년 만에 세 번째 시집을 낸다. 나는 이 시집 속의
시가 어쩌면 낙타의 허기나 히말라야 산맥의 주름 같은
것이 아닌가 하는 생각을 하게 된다. 막막함, 아득함 혹은
그 모든 것을 아우르는 쓸쓸함 말이다.

 요즘 나는 내 고향 보리소골의 온갖 것들과 사랑에 빠
져 있다. 꽃들과 나무들과 그리고 아침이면 자욱하게 깔
리는 안개와, 안개를 헤치며 울어대는 새소리들이 더없이
사랑스럽다. 부디 이 사랑이 늘 쓸쓸함과 함께하기를, 쓸
쓸함과 사랑이 몸과 마음의 관계임을 결코 잊지 않기를!

2007년 여름 강원도 보리소골 산자락에서
최성수

■글차례

5 · 시인의 말

1부

13 · 유월

14 · 시월

16 · 고비에서

18 · 솜다리 소년

20 · 제비꽃 나라

22 · 환절기

23 · 협궤열차를 위하여

24 · 샹그리라는 어디?

26 · 웬양 하니족 마을에서

28 · 카자흐의 달

29 · 만남

30 · 아이딩호 가는 길

32 · 길 위에서

34 · 그 버스

38 · 그리운 치앙마이

39 · 대련大連 조선족학교 윤 선생

40 · 란창강은 흘러 메콩이 되고

황사 · 42

돈황 가는 길 · 43

모래 속 옛 마을의 잠 · 44

사막으로 사라지다 · 45

시안西安 · 46

트루판 · 48

시앙빠라오는 없다 · 49

모래가 운다 · 52

카라쿨 · 54

집안, 1996, 여름 · 56

하늘못 가는 길 · 58

한계령 · 59

그리운 원주역 · 60

길 · 61

2부

겨울 산을 넘다 · 65

상원사 가는 길 · 66

찌른다 · 67

황사 며칠 · 68

70 · 발자국

71 · 우중 장엄雨中 壯嚴

72 · 폐허

73 · 첫눈

74 · 잠을 깨우다

75 · 쑥부쟁이 피는 사연

76 · 자목련

77 · 멍석딸기

78 · 민진이

80 · 민들레

81 · 참 순식간이다

82 · 여린 잎새들 자라나

83 · 몸

84 · 사월에서 오월로

85 · 떡갈나무의 하늘

86 · 그, 다산茶山

88 · 오월, 떠돌이의 노래

90 · 태풍, 뒤

91 · 사십이불혹?四十而不惑

92 · 사이

94 · 한글

95 · 함박꽃

산벚나무 · 96

소리 · 97

자리 · 99

법흥사 버들치 · 100

칡꽃 피는 그날이 오면 · 102

지울 수 없는 사랑 · 104

희방사역 · 105

처음 그대는 · 106

눈 오는 날 · 108

가을 제비꽃 · 109

두릅의 말 · 110

메뚜기 · 112

양수리의 밤 · 114

연대連帶 · 116

뻐꾸기 · 117

시간은 그 자리에 멈춰 서서 우리를 부르고 · 118

해설 '시간의 종말' 일까 '시간들' 일까? | 김진경 · 120

1부

유월

머리에
산봉우리 두어 개 얹어 놓고

저 혼자 흘러가는
안개

검은등뻐꾸기
홀딱 벗고, 홀딱 벗고* 우는
유월 아침

그냥 이렇게 흘러가도 좋으냐?
흐르다 멈출 곳 없이 사라져도 좋으냐?

묻다 묻다 목메어
나, 눈 감고 말았네.

*검은등뻐꾸기의 울음소리. 속명으로 검은등뻐꾸기를 홀딱벗고새라고 한다.

시월

너무 깊이 들어온 것은 아닐까?
아무도 지나가지 않은 숲길,
이슬에 젖은 거미줄이 발목을 묶는다
붉나무가 제 몸 밖으로 밀어내는 저 투명한 빛
후두둑 빗줄기처럼 산비둘기 한 마리
풀섶에서 날아오른다, 마음 툭툭 내려앉는다
너무 깊이 들어온 것은 아닐까?
돌아보면 내가 헤치고 온 길에는 휘어진 풀대궁도
없다
물푸레나무가 기우뚱하게 서 있다
물푸레, 물에 담그면 푸른 물이 든다는
그 나무 밑동에는 물 한 종지 없다
그래도 물푸레나무는 제 몸의 물을 말리지 않는다
황벽나무를 감고 늘어진 다래 덩굴이 어깨를 두드
린다
사 층까지 올린 층층나무 위로 아침 햇살이 내려앉
는다
너무 멀리 온 것은 아닐까?
나는 가는 눈 뜨고 숲 사이로 내려앉는 아침의 기
운을 바라본다

골 깊은 곳에서 안개가 웅얼거린다
마른 풀과 듬성듬성한 나무들이 끄덕인다
이 숲, 떡바우골은 어린 날 발구를 끌고 눈길을 헤
쳐 왔던 곳이다
그 기억으로 돌아가기엔 너무 늦어버린 이 가을
가지 않아야 할 길로 깊이 들어와 버린 헛헛함
노을도 없이 스러져버린 봄빛과
땀방울조차 흘려보지 못한 한여름은
어디로 가버리고 만 것인지?
총총총 마음을 닫고 사라지는 콩새의 꽁지에 남은
마흔 중반의 이 막막함
돌아갈 길조차 찾지 못할 나이가 되어버린
이 숲길의 끝은 어디인가?
이슬에 젖은 거미줄이 발목을 묶는
시월의 내리막길에서 바라보는 숲에는 온통
눈부신 어지러움으로 가득하다

고비에서

육탈한 말이 햇살 아래 누워 있다.
얼마나 먼 길을 헤매야 저렇게
제 육신조차 벗어버릴 수 있을까?

 눈 높이에 떠 있는 구름, 마른 풀 위에 닿을 듯 나
는 새들
 야생의 낙타들이 순례자처럼
 깃들 곳을 찾아 가고 있다.

 길은 어디에 있을까? 사방으로 누운 풀들이
 누군가 지나간 흔적처럼 남아 있을 뿐
 무한 천공의 벌판에 나는 길 잃은 낙타 한 마리로
떠돌고 있다.

 낮은 구릉 아래 숨어 있는 겔에서는 어린 날 사진
속의 내 누님 같은 아낙네가 환하게 웃고 있었다. 연
신 아이락*을 따라주며 벌판 끝을 바라보던 그 아
낙, 집 떠난 낙타를 찾아 칠백 리가 넘는 물가로 갔다
는 남자를 기다리며 들꽃처럼 곱게 늙어가고 있었다.
마음이 함께 있으면 칠백 리도 지척이라는 뜻일까?

밤이 와 불빛 하나 없는 고비에 등불 대신 별이 켜
진다.
　구름 높이에서 빛나는 별, 큰 붓으로 그려낸 듯 중
천에 가로누운 은하수
　야생의 낙타처럼 고비에 둥둥 떠
　나는, 흘러간다.

　별은 구름이 되고, 구름은 바람이 되고,
　바람은 풀이 되고,
　풀은 끝내 저 혼자 흘러 흔적이 된다.

*아이락 : 말 젖으로 만든 몽골의 술, 마유주.

솜다리 소년

저어기, 소년이 눈을 들어
들판을 가리킨다.
낮은 숲이 벌판 끝에 엎드려 있다.

말을 끌고 가는 소년의 등이 구부정하다. 세상의
길이 다 그에게는 짐 같은 것이었을까?
까만 옷에 까만 얼굴, 새까만 팔뚝. 말은 느릿느릿
걷는다, 제 발굽 아래 초원의 풀들을 다 거느리기라
도 하는 듯.

돈을 벌면 꼭 학교에 갈 거예요. 졸업해서 울란바
타르에 헬스장을 차리고 살 거예요. 소년의 눈빛이
꿈에 젖는다. 초원의 풀꽃도 눈시울이 젖는다. 열
살, 내 말고삐를 끌던 소년 토야.

"아쯔자르갈꾸시"*
소년이 풀밭에서 꺾은 꽃무더기를 건넨다.
솜다리, 작은 꽃송이마다 소년의 시린 눈동자가 맺
혀 있다.

말은 무심히
지천인 솜다리 꽃을 뜯는다.
솜다리, 말 밥으로 지천이던
테를지**

* '행복을 빕니다' 라는 뜻의 몽골어.
**테를지 : 울란바타르 근처의 몽골 국립공원.

제비꽃 나라

알록제비꽃 이웃에 남산제비꽃이 산다. 옆 마을 고깔제비꽃이 아침이면 기상 나팔을 불고, 일제히 눈 뜨는 제비꽃 세상. 태백제비꽃 일 나간 사이, 금강제비꽃 아이들 돌보고, 점심 챙겨오는 졸방제비꽃. 저물녘이면 둥근털제비꽃과 잔털제비꽃이 아이들 모아놓고 옛이야기 한자락 풀어놓는데, 하늘에는 별이 초롱초롱 빛난다. 제비꽃 아이들의 눈망울도 별처럼 빛난다.

평산 신씨 현민이네 이웃에 가구공장에서 일하는 몽골 사람 제렌데지드가 산다. 옆집 반 칸 지하방에는 조선족 림춘애 씨 흑룡강성에 두고 온 자식들 생각에 밤마다 눈물 젖는데, 파키스탄이 고향인 압둘 아마드는 이슬라바마드보다 가리봉동이 낯익다며 웃는다. 까무잡잡한 얼굴에 흰 이가 환한 그의 웃음은 한국 사람과 닮아 있다. 베트남에서 시집온 카오 티홍니는 시집올 때 가져온 모자 '논'을 쓰고 들일 나서고, 비닐하우스 파프리카 농장 바쁜 손 놀리는 네팔 사람 크리슈나 라마 부부는 공장 다닐 때 떼인 월급보다 사장의 욕설에 더 가슴이 떨린다.

제비꽃 나라에는 제비꽃이 산다. 저마다 다른 이름을 가지고, 제비꽃이라는 얼굴로 '어울려' 한세상을 산다.

환절기

기와집 암 골에 쌓였던 눈이란 놈이
햇살에 조금씩 제 몸 녹이더니
네댓 살 어린아이 미끄럼 타듯
주루룩 달려 나와

툭!
마당 귀퉁이에 나자빠진다

천년 전부터 예정됐던
저 일

내 마음 한 귀퉁이
내려앉는 소리

협궤열차를 위하여

스러져가는 모든 것들 아름다워라
여천을 지나면 야목, 사리
고잔, 소래 그런 옛 이름들
앙상한 갈대에 스쳐가고
월곶지구 영유수면 매립공사
포클레인에 불도저들이
우리의 기억을 묻고
사랑까지 묻어버린다
황소와 부딪쳐도 넘어진다는
협궤열차
덜컹거리며 덜렁거리며
낡은 소금창고를 지나면
가라앉는 소금밭 너머
추억처럼 지는 노을
저렇게 우리도 황홀한 한순간을 위하여
날마다 흘러가고 있는 것일까
깃발을 날리며 와 멎던 어선들도
뻘밭에 길게 가로누워버린
푸르디푸른 구십년대의 허리를
협궤열차는 가라앉으며 달린다

샹그리라는 어디?

자다가 몇 번씩 깨어
심호흡을 했다
샹그리라, 해발 3천 2백의 높이가
잠을 방해하는 것일까?

야크 떼는 초원 위에 길을 만들고
설산에서 시작된 물은 구불구불 그 길을 흘러든다
연분홍 철쭉꽃 물위에 져
물고기 취해 떠오르는 곳
비타하이에 빗소리 장한 날
텃밭에서 채소 뜯듯 송이버섯 따 이고
마을로 돌아오는 오래 전 사람들

　장샤오편은 스물일곱, 따리의 한국인 이장 문씨 아
저씨에게서 배운 한국요리 솜씨로 김치를 담그고 찌
개를 끓여낸다. 야크바, 싫도록 삼겹살과 송이버섯
을 구워 먹던 곳. 상추쌈 볼 미어지게 먹을 때는 결
코 숨이 차지 않았다. 더 먹으라며 환하게 웃던 손
고운 그 아가씨가 샹그리라의 해일까? 저물녘 사방
가 광장을 덩실덩실 춤추며 돌던 티베트 사람들이

샹그리라의 달일까?*

샹그리라, 겨울을 딛고는 갈 수 없는 곳
온몸에 칭칭 안개 감아야 이를 수 있는 곳
찾아 헤맬수록 더 멀어지는 곳
세상 어디에도 없고
기억 속에도 없는 곳,
샹그리라.

*샹그리라 : 운남성 서북쪽 히말라야 귀퉁이에 있는 도시다. 비타하이(碧塔海)는
그곳에 있는 호수 이름. 호수 주변으로 아름드리 철쭉 숲이 있는데, 오월 철쭉꽃이
물 위에 지면 그 독성 때문에 호수 속의 물고기들이 잠시 취해 수면 위로 떠오른
다. 그곳에 야크바라는 이름의 한국 식당이 있다. 샹그리라는 티베트 말로 '내 마
음의 해와 달' 이라는 뜻으로 이상향을 의미한다.

웬양 하니족 마을에서

바람이 안개를 끌고
산봉우리를 넘는다.
비로소 드러나는 유리알 같은 논

산비탈에 손바닥만한 논 일구고, 거기 식구 수마다
한 포기 벼 심어두고, 어느 날 김매러 갔다가 삿갓
벗어 두었는데, 도통 내 논을 찾을 수 없는 거라. 찾
다 찾다 마음 접고 돌아서 삿갓 쓰니, 비로소 삿갓
아래 숨었던 논 드러나, 삿갓다랑이라 불렀다더니.

안개 밀리자 발 아래 온통 물댄 논들 눈부시다. 휘
어진 논두렁 여인의 몸보다 더 부드러운데, 삿갓이
아니라 망건으로도 가려질 것 같은 비탈 논 아득한
티티엔.* 소 한 마리 들어서면 더 발 디딜 곳도 없을
저 논을 일구고, 모를 심어 가꾸었을 사람들의 마음
같이 논물이 빛난다. 천이백 년 전, 처음 이 논 만들
고 마음 풀졌을 하니족의 얼굴이 저런 것이었을까?
남북국시대 그 무렵쯤부터 안개는 밀리고, 바람은
불고, 풍경은 저렇게 눈부시게 돋아났을 것이다.

그릇 하나에
밥 조금, 반찬 조금 담고
논가에 나와 저녁 먹는 사람들
그 밥그릇만 한
천년 전부터의 저
논, 논,
논.

＊티티엔 : 사다리 논(梯田)의 중국말. 중국 운남성 웬양의 소수민족 하니족이 해발 3,074미터 아이라오산(哀牢山)에 층층이 일궈놓은 계단식 논이 대표적이다. 이 논은 천이백 년에 걸쳐 완성되었다고 한다. 우리나라로 치면 통일신라와 발해가 있던 남북국시대에 만들기 시작한 것이다.

카자흐의 달

콧수염의 사내가
삼나무 숲으로 가더니
초승달 모양의 칼로
양의 목에 금을 긋는다

피 한 방울 보이지 않고
순식간에
가죽과 몸뚱이를 분리해 내는
기막힌 손놀림

양이 익을 무렵
하늘에는 칼 모양의 달이 떠오른다

매인 것 없이
그냥 풀어놓는 저 자유로움

나 이제 그 카자흐 마을로 가
햇살 속에 발가벗고 싶다

만남

서안에서 돈황 가는 길
작은 오아시스 마을을 지나자

소를 몰고 가던 아가씨
손을 흔든다

남루한 옷에
환한 그 웃음
그냥 사막인 채로!

억겁 전생의 어디선가
만난 것 같은
이 우연 혹은 필연

이이딩호 가는 길

길은 어디에도 없었다.

세상에서 두 번째로 낮은 땅
아이딩호* 가는 길은 온통 황무지 사막
시선을 막아서는 기둥조차 없는
황막한 땅
온몸 불구덩이에 던져 넣어야 이를 수 있는 땅
저물녘 햇살마저 살을 태우는
불의 땅
어쩌다 부는 바람이 갓 끓여낸 물 같은
아이딩호는 세상의 이름이 아니었다.
낙타풀도 화염에 익어가고,
살아 있는 것은 아무 것도 없는 길에서
걸을수록 내 발길은 땅 속으로 빠져들고 있었다.
때때로 사람들이 살았던 흔적만 남겨놓고
햇살과 바람에 빛 바래가고 있는 벽돌 폐허를 지
나면
끝날 것 같지 않던 막막 사막의 저편
하얗게 몸 뒹구는 소금 호수가 나타났다.
진흙 구덩이에 제 발 빠지는 아이딩호

디디는 발자국마다 금세 말라 흩날리던 소금꽃
어디를 걸어도 아이딩호에 이르고,
어느 곳을 걸어도 아이딩호에 이를 수 없는,
내 안의 내가 벌거벗은 채 낡은 햇살에 나뒹굴던
그 소금 호수, 아이딩호

길은 어디에든 있었다.

*아이딩호(艾丁湖) : 중국 신장웨이우얼 자치구 투루판 외곽에 있는 해발 −154미
터의 소금 호수.

길 위에서

기차는 덜컹대며 달려간다.
때로는 먼 길이 힘겹다는 듯
거친 숨결을 토해내기도 한다.
이층 침대칸
엎드려 바라보는 풍경은 온통
눈 둘 데 없는 지평선
그 끝에서 해가 뜨고
눈부신 노을이 진다.
모래 언덕이 아닌 황무지 사막
어쩌다 키 큰 포플러들이 자라는 곳은
나뭇잎 같은 마을, 오아시스다.
서른여섯 시간
서안에서 돈황까지 모래 바람처럼 달려가는
기차 차창으로 흘러가는 것은
풍경이 아니라 시간이다.
흔들리는 마음, 덧없는 외로움에 기대어
나는 사막 같은 얼굴로 누워 있다.
뒤척이는 잠결, 꿈 없는 밤이 지나가고
눈을 들면 차창 저편
칠흑 어둠 속,

긴 세월을 달려온 또 다른 내가 누워 있다.
기차는 쉬지 않고 모래 언덕을 흘러가고,
시간이 부서져 내리는 창가로
물 한 톨 없는 강물은 꼬리를 틀고,
그 무채색의 사막 어디를 향해
나는 달려가고 있는 것일까?
서안에서 돈황 가는 길
그 길고도 꿈같은
서른여섯 시간을

그 버스

북경 서역에서 천진 가는 길
손님을 모아 채우면 떠나는 낡은 버스
브레이크와 액셀레터 사이 마구 엉킨 전선줄이
불안한 우리들을 놓아둔 채
사람들 태연하게 웃고 떠든다
아무리 가속 페달을 밟아도
짐 가득 실은 트럭을 추월하지 못하는 그 버스
기사는 왼쪽 인중에 커다란 점이 있는 사내
생김새가 꼭 중국 영화에 나오는 익살꾼 배우 같다
세 명의 차장 아줌마는 자기가 호객해 온
손님들에게 차비를 받는다, 사람마다 차비가 다르다
눈썹 밑에서 볼까지 긴 흉터 자국의 옆자리 사내가
차비를 내지 않고 표정 없는 얼굴로 버틴다
아줌마의 목소리가 갑자기 높아진다
스무 명 남짓한 사람들이 호기심 어린 표정으로 두
사람을 바라본다
무슨 증명서를 꺼내 보이고, 차장 아줌마는 사내를
문 가로 내쫓고,
영문을 모르는 우리와 내막을 아는 중국인이 함께
호기심을 내민다

차비 받기를 포기한 차장 아줌마가 돈을 세는 사이
사내는 다시 제 자리에 앉는다
호기심들이 주머니 속으로 사라진다
건너편 얼굴 맑은 총각과 아가씨는 손을 잡고 소곤
거리고,
뒷자리 머리 긴 청년의 핸드폰이 때 없이 울리기도
하지만,
그 버스 밭은 해소 기침을 토해내며 언덕길을 오
른다
익살꾼 운전수는 차장 아줌마들과 수입 분배를 하
느라
기어 넣는 것도 잊어버린다, 버스가 큰 기침을 해
댄다
포플러가 스쳐가고, 밭과 논과 수로가 사라진다
옆자리 사내, 칼자국을 지울 듯 고개를 숙이고 있다
먹던 과자를 건네자 의외로 눈빛이 서글프다
이름을 물으니 주섬주섬 다시 꺼내주는 종이 조각
출감증명서, 죄명 절도, 복역기간 1년
이易 라는 성의 사내, 천진 공안국에 출감 신고차
가는

그는 사천성 사람. 과자를 조심스럽게 씹는 그의 눈가로

모래바람이 지나간다

천진 시내를 돌고 돌아 그 버스 군데군데 사람들을 내려주고

여전히 뒤엉킨 전선줄을 바라보는 우리들의 불안한 시선을 향해

괜찮다, 암시랑토 않다, 속삭이듯 익살꾼 운전수는 빙긋이 웃는다

낡은 집과 파헤쳐진 보도와 아무렇게나 갈겨쓴 간판들

거기 풍경처럼 주저앉은 사람들 사이

버스가 멎는다, 사람들 제 짐을 챙겨들고 사라진다

뒤돌아보지 않고, 어디 아득한 길을 떠나듯

익살꾼 운전수가 손을 흔든다

출감증명서를 주머니에 찌른 그 사내도 휘적휘적 사라진다

한 번 뒤돌아 우리를 향해 빙긋 웃고 가는 그

우리는 낯선 짐보따리 같은 배낭을 메고

갑자기 사라진 모든 것들 속에 멍하니 서 있다

마치 먼 시간을 거슬러 온 것 같다
손님을 모아 채우면 떠나는 낡은,
브레이크와 액셀레터 사이 전선줄이 마구 엉킨,
우리가 살아온 세월을 되짚어 흘러갈 것 같은,
그 버스

그리운 치앙마이*

나 오늘 돌아가리, 가서 아주 파묻혀 있으리
나직한 집과 한가로운 길
나른한 햇살에 온몸 내맡기고 있으리
때로 코끼리 등짝에 앉아 숲길을 걸어 보기도 하리
황토빛 물살 따라 뗏목을 타고 흘러가기도 하리
맹획을 쫓던 제갈량처럼
잃어버린 시간들 잡아 보리
이렇게 눈발 기웃대는 날은
무작정 돌아가 텅 빈 마음으로 남아 있으리
날마다 쫓아오던 시간 버려두고
나, 오늘, 그곳에 가 가라앉아 있으리
세상의 모든 일들 다 잊어버린 듯
넋 놓고 주저앉으리
빛바랜 꽃과 나무와 사람들
그 속에 나 숨어 있으리

＊치앙마이 : 태국 북부의 도시.

대련大連 조선족학교 윤 선생

　식민지 시대, 화려한 상업도시였다는 대련, 낡은
건물 귀퉁이에 둥지를 튼 조선족학교. 텅 빈 여름방
학을 지키는 윤대일 선생, 뿔테 안경 흰 런닝이 편안
하다. 원피스 고운 제자가 치는 피아노 음을 짚어주
는 선한 눈매에 식민지 시대 충무 앞바다가 펼쳐진
다. 통영 미륵도 봉전리 화양소학교 윤이상 선생, 햇
살 푸른 바다 건너 손풍금 소리로 날아오르고, 숱한
세월을 흘러 작은 샘 하나 파놓은 빗줄기처럼 그가
여기 앉아 있다.
　흩어져 살아온 피붙이들 잔칫날 모처럼 만난 할배
조르듯, 남쪽에서 온 우리들 피아노 곁에 옹기종기
모여 채근하던 끝, 그의 투박한 손가락마다 〈고향의
봄〉이 피어오른다. 따라 부르는 사람들 목 메이는데,
오롯이 시간 거슬러 돌아온 것 같은 먼 고향, 햇살에
도 덜컹거리는 창문 너머 바람 한 점 없는 하늘만 눈
부시다.

란창강은 흘러 메콩이 되고

먼지는 계엄군처럼 도시를 뒤덮고 있었다
흘러 라오스나 태국에 닿고
거슬러 히말라야 품 안에 드는 곳
징훙은 타이족 옛 마을
흘러도 거슬러도 기다릴 이 하나 없어
그저 여울목처럼 돌며 머무는 땅
자작자작 내리는 햇살을 딛고
한낮의 야자수 길을 걸어 나는
메이메이 카페에 점심을 먹으러 갔다
제 몸집보다 더 뚱뚱한 개를 곁에 앉힌 채
커피 한 잔을 놓고 하루 종일 책을 보던 서양 아가씨
생은 저렇게 느긋해도 되는 법이라고
징훙 옛 마을은 내게 속삭이고 있었다
때로는 쥐 잡이 끈끈이에 도마뱀이 걸려들고
창 너머로 일렁이던 야자수 그늘이
꿈 없는 잠을 부르던 곳
해거름에 나가 바라보던 란창강의 물살은
세상의 온갖 구비를 건너온 듯 모래 색으로
꿈틀대고 있었다
밤이 와 반나 대교로 불빛 반짝이면

웃통을 벗어 제끼고 먼지 자욱한 길에 앉아
꼬치구이를 안주로
흘러 메콩강이 되는 란창강 맥주를 마셨다
숱한 세월 속에 먼지처럼 가라앉은
내 안의 일상이 그곳에서 닻을 내린 것일까
바람 불어 때로 흩어졌던 먼지들은
언제 그랬느냐 다시 켜켜로 쌓이는데
그리운 것은 저 흐를 대로 흐르라고 물살에 맡긴 채
남국의 햇살처럼 무겁게 내려앉아
손 하나 놓을 힘조차 없던
바닥 모를 침잠의 땅, 멍파라나시*

*멍파라나시 : 이상향을 뜻하는 타이족 옛 말. 징홍은 중국과 라오스의 국경에 있
는 타이족의 도시. 란창강이 이곳을 지나 라오스에 이르면 메콩강이 된다.

황사

창에 묻은 먼지를 털다가
문득
그 길이 생각났다

타클라마칸

낙타풀 군데군데
소금 하얗게 부서지던
양관 너머 사막의 길

저 먼지
얼마나 먼 길을 날아와
여기 내려앉는 것인가?

시간의 지층을 뛰어넘는
자유자재

돈황 가는 길

회오리바람이 모래 기둥처럼 서 있었다
돈황 가는 길
고비 사막과 타클라마칸이 팔짱을 끼고
시간을 거슬러 온 낯선 사람을 맞이하는 곳
껍질만 남은 채로 몸 뒤트는 강줄기와
마른 버즘처럼 피어있는 하얀 소금들
제 몸 말리며 견뎌온 세월의 더께가 거기
햇살에 부서지고 있었다
어디에서 온 것인지 알지 못하고
어디로 가는지도 느낄 수 없는
지평선 끝으로 저무는 하루
거기 천년의 시간을 견뎌낸
낙타풀 몇 그루
미이라처럼 누워 있었다
억겁 전생의 어느 날 나와 헤어진
또 다른 내 영혼도 거기 누워 있었다
돈황 가는 길
소금 하얗게 제 몸 말리며 피어 있는
그 길가에

모래 속 옛 마을의 잠

몸 바스라지고 있네
타클라마칸, 물기 하나 없는
그 사막 귀퉁이
누워 있네

등이 시리네
손발톱이 아프네

세월이 누르고 간 자리
나 모래바람으로 여울져 있네

꿈결에 나를 스쳐 지나간 모래먼지
눈을 뜨면 머리맡으로
일렁이는 청포도 그늘

자다 깨다 깨다 자다
트루판, 모래 속 옛 마을의 잠

사막으로 사라지다

그날 새벽, 사막 너머로 별빛이 넘어왔네
나 그 별빛 따라 길 나섰네
모래 구릉에 숨은 어둠과
언덕 너머에서 솟아나는 여린 푸르름
낙타풀은 제 몸 밖으로 가시 하나씩
밀어내기 시작했고
홍류나무는 가지 끝에 붉은 꽃을
피워올렸네
거기 어디 길이랄 데 없었네
지난 세월처럼 부서져 내리는 모래들과
구만리 귓속에서 달려오는 바람의 말굽소리
나 그날 새벽 길 나섰네
내 전생의 또 전의 전생의 어느 날
입 속 가득 모래먼지 머금고 달려왔을
그 사막, 별빛도 슬금슬금 사라지고 있었네
타클라마칸, 낯설고 정겨운
내 마음의 빈 먼지 벌판
그날 새벽 나 그곳에서 아주 사라졌네
사라져버려 한 점 모래로
영영 돌아오지 않았네

시안西安

그는 길가에 누워 있다
어깨 위로 자락자락
낡은 햇살이 내려앉는다
몇 천 년 전에 길 떠난 바람이
천천히 다가와 그의 백발을 흔든다

저녁 어스름이면 성 밖으로
경운기와 트럭들이 몰려든다
모래를 파는 사람들이 마치
모래처럼 부서지는 얼굴로
성 안 사람들을 기다린다
습습한 공기는
세월처럼 막막한 시절을 지나온
비림碑林, 돌비석들 위에 물방울 하나로 남고
어제 같은 오늘을 흘러온 사람들,
일상으로 돌아온 병마용 같은 이들은
회족回族거리 휘황한 불빛 속에서 독주를 마신다
지하에서 지상으로 올라온 것처럼
그들의 얼굴은 모두 무표정하다

여름, 비 주룩주룩 내리는 어느 날
젖은 불빛 속에서 다시 몇 천 년 전 시간으로
거슬러 올라가는 시안 사람들

그는 길거리 뒷골목
무심한 발길들 사이에 숨어 있다
그는 버려진 시간 속에
자신을 내맡긴 채 나른한 잠에 빠져 있다
몇 천 년 전에 길 떠난 바람이
그의 꿈을 툭툭 치고 지나간다
시안, 눈 가늘게 뜨고
남의 일처럼 그런 바람을 낯선 얼굴로 바라본다

트루판*

누구?
잠결에 나를 치고 지나가는 그대는

개미귀신 온몸 잡아당기는 사막을 건너왔다
한 발 디디면 또 한 발 무너지는 모랫길
흘러나오다 굳어버리는 소금 땀

세상이 이토록 온통
모래벌판이었다니!

마른 땀 훔치다 퍼뜩 눈뜨자
발치에 일렁이는
흰 달빛, 푸른 포플러

죽음보다 깊은 사막의 잠

＊트루판 : 화주(火州), 중국 신장웨이우얼 자치구 타클라마칸 사막 안의 마을.

시앙빠라오*는 없다

잘 살고 있는지 몰라
운남성 리지앙麗江 고성 밖의 그 식당
불을 켜도 어두컴컴하던 서너 평 남짓
안개 축축하게 내리는 여름 밤
맥주에 꼬치구이를 먹던 그 집
사천성 시창西昌에서 왔다는 젊은 주인
지앙용타오蔣勇濤는 스물일곱
고향에서 만나 사랑에 빠진 세 살 아래 아내와
새로 자리 잡은 가게는 그러나
희망보다 외로움에 가깝다
꼬치를 굽다 맥주 한 잔을 들이켜더니
시창에 가 본 적이 있느냐고 묻는
그의 눈빛이 안개처럼 젖어 있다
젊은 부부에게도 삶은 호락호락하지 않고
어쩌면 막막한 골목길 같은 것이었을까
고성 안 숱한 굽이 길을 헤매다 결국
성 밖에 자리 잡을 수밖에 없었을 그의
청춘의 한 자리가 휘어져 있는 가게
자랑이라곤 뱃속에 자라고 있는 석 달 된 아기와
바라보면 마음 가득 담긴 부부의 눈길뿐

가게 앞에서 굳은 몸짓으로 서 있는
사진 속 그의 표정은 여전히 세상과 떨어져 있다
이태 뒤 다시 찾은 시앙빠라오
가게는 없어지고, 성안의 상권이 야금야금
그곳까지 자리를 넓혀왔는데
소식을 묻는 내게 바뀐 가게 주인은 다만
고개를 가로젓는다, 봄이 오고 있는 리지앙
목련은 비에 젖고, 매화꽃도 벙글어져 더 쓸쓸한
이월
그 거리에서 나는 젊은 청춘 지앙용타오를 떠올렸다
시창으로 돌아갔을까,
세상의 더 궁벽한 어느 구석으로 숨어들었을까
아이는 잘 낳아 기르고 있는지 몰라
세상의 팍팍한 골목에서
바람에 떨고 안개에 밀리고 있을
1970년대 어느 날의 내 형이나 누나 같은
그 젊은 부부
꽃은 피고, 비는 내리고,
리지앙 고성 돌길은 빗줄기에 젖어 더 반짝이는데.

*시앙빠라오 : 중국 운남성 리지앙의 성 밖에 있던 작은 식당. 리지앙은 나시족의 옛 건물과 풍속이 간직된 곳이다. 골목과 골목, 집과 집이 맞닿아 있는 그곳에서는 아침이면 골목길을 걸어가는 사람들의 발소리가 잠을 깨운다.

모래가 운다

저물 녘,
낙타를 타고 사막 산을 지난다
물감처럼 번지는 어둠
흐릿한 풍경 속에 들리는 것은
모래를 밟는 낙타의 발소리뿐
세상의 어느 길이 사막 아니었으랴
바람 불어 모래는 자꾸 제 몸 뒤척이는데
워낭 소리 어두울수록 또렷해지고
수천 리 밖에서 몸 감춘 설산의 물은
사막 속 선녀의 눈물로 솟는다*
모래 우는 산 아래 여름이 와
사막의 삶이 더 고운 법이라고
어둠 속에서 환하게 빛나는 온갖 풀꽃들
짙어가는 어둠에 제 몸 감추고 나자
사방 천지 적막, 소리 없음의 무한 공간
그 침묵을 깨고 달이 떠오른다
달빛 아래 모래 산이
운다, 소리도 없이 제 안으로
천년 전 같은 하루가 또 저문다고
운다, 울어 걸어온 길이 모래알처럼

아득하게 흩어진다

그해 여름, 모래는 내 삶처럼 바삭이고

디딘 곳도 디딜 곳도 디뎌갈 곳도

아득 막막하던 그 명사산에서

*중국 돈황의 명사산(鳴沙山)에는 월아천이 있다. 월아천은 아득한 사막 건너 곤
륜산맥 설산의 눈이 땅 속으로 흐르다 돈황에 이르러 솟아나는 것인데, 아름다운
돈황이 사막으로 바뀌자 이를 슬퍼한 선녀가 흘린 눈물이 월아천이 되었다는 전설
이 있다.

카라쿨*

굽은 길이 물을 불러
제 몸을 파헤친다.
갈가리 찢겨 흩어진 길의 살갗이
설산의 물에 불어터진다.

　산을 오르자, 풀 한 포기 없다. 쨍쨍한 햇살과 하
얀 모래 산이 울고 있다. 방향도 없이 불어오는 바
람. 모래 쓸리는 소리가 이명처럼 들려오는 유사하流
砂河를 지나면, 다시 마른 산. 사람을 부르지도 않고,
막아서지도 않는 곤륜산, 억겁 전생에 내가 걸었을
길이 거기 놓여 있다.

저승길을 걷는 사람의
휘청거리는 걸음
그 끝에 카라쿨은 검은 얼굴로
잠들어 있다.
제 얼굴에 설산의 흰 숨결을 가둔 채.

카라쿨, 카라쿨
맨 정신으로 이를 수 없는 곳

꿈 아니곤 돌아올 수 없는 곳

쨍쨍한 햇살 아래 거기 홍수가 지고 있었다. 온통
제 살갗을 후벼 파는 물길이 길을 막고 있었다.

가도가도 끝나지 않을
기억의 아득한 바다보다 더 먼
카라쿨은 늘 거기 있었다.

*카라쿨 : 중국 신장웨이우얼 자치구의 카슈카르와 파키스탄 경계에 있는 고산
호수. 곤륜산 봉우리인 7546미터의 무즈타크봉 설산이 비치는 이 호수는 해발
3,600미터에 있다. 위구르 말로 검은 호수라는 뜻이다. 유사하는 삼장법사와 손오
공이 사오정을 만난 곳. 파키스탄과 중국을 잇는 카라코럼 하이웨이가 이 호수 곁
을 지나간다. 설산의 눈이 녹아 햇살이 강할수록 홍수가 저 길이 끊기는 일이 자
주 있다.

집안, 1996년, 여름

들창을 열면, 아득하게 잿빛 안개가 밀려왔다. 집
안集安, 1996년, 여름.

어둠, 먹물을 풀어놓은 듯이 조금씩 조금씩 밀려가
고, 희끄무레한 하늘, 낮은 등성이.

나는 어느 먼 시간 속을 달려온 나그네처럼 하염없
이 가라앉은 도시를 굽어보았다.

낡은 집, 낡은 땅, 낡은 사람들.

압록강에서 몰려온 습기들이 온몸에 젖어들고, 밑
둥만 남은 국내성과 참외밭이 되어버린 환도산성,
옥수수밭 옆의 무너져가는 고분군들조차 시간 속에
버려진 것 같은 곳, 집안.

한여름 햇살도 눈꺼풀을 나른하게 만드는 땅 귀퉁
이마다 내가 걸어온 길들이 파 껍질처럼 버려져 있
었다. 터무니없이 과격했던 청춘과 세상의 불화, 이
십대의 불안과 삼십대의 좌절. 그, 리, 고, 떠나온 먼
길. 네 고통은 마음의 것이라고, 가라앉아 버리는 것
은 아무것도 없다고, 시간의 긴긴 더께를 견뎌낸 자
만이 이처럼 제 자리를 찾아내는 법이라고, 낮게 속
삭이는 집안.

거기 내 청춘이 지나가고 있었다. 한 시절이 끝나

면서, 또 다른 시절이 시작되면서, 조금씩 가라앉으면서, 1996년, 여름, 집안.

　시간은 속절없이 압록강 물살에 뿌려지면서, 흘러가면서.

하늘못 가는 길

나, 다시는 그곳에 가지 못하리
하늘을 가린 자작나무 숲을 지나면
거센 바람, 잠시도 몸 돌리지 못하는
온갖 풀꽃들
오랑캐장구채, 바위구절초 따위
낮게 구부리고 모진 칼바람 피해 살아가는
여린 지혜의 땅, 다시는 발 딛지 못하리
잠깐 개이고, 무섭게 밀려드는 먹장구름
빗줄기 거세게 몰아치다 언제 그랬느냐
세상 환히 밝히는 햇살 한 줌
나, 다시는 그곳에 가지 못하리
가서 그 풀꽃들 다시 보지 못하리
장백폭포 물안개에 몸 적시지 못하리
달문을 지나
흐르는 물줄기 거슬러 천지에 이르지 못하리
하늘못, 그 아득한 깊이에
내 몸 다시 드리우지 못하리

이렇게 옅은 바람에도 내 마음
풀꽃같이 흔들리는 날은

한계령

내가 가는 길은 7월이다. 굽이를 돌 때마다 중앙선을 넘어서며, 차는 점점 8월을 향해 달린다. 아슬아슬한 질주, 그 끝에 더 아슬아슬하게 매달린 생. 등성이를 넘어서자 단풍나무들은 9월, 아니 10월이다. 뒤섞여 사는 것이 이승의 법도라는 말일까. 눈 찌푸린 햇살이 내게 달려온다. 슬쩍, 몸 뒤채 피하는 나. 사이 차는 나를 버리고, 햇살을 버리고, 제 마음대로 시간을 타고 오른다. 이름처럼 늘 시린 골짜기, 갑자기 안개 아득하게 밀려오고, 지척 분간이 안 되는 시야. 계절이 시시각각 몸을 바꾸는 한계령에서 내가 걸어온 발아래 길들은 하나도 없이 지워져 버린다.

네가 가야 할 길은 없다. 나무의 길, 산짐승의 길이 네 앞에 놓여 있다. 가라!

까마귀 한 마리, 지워진 길가에 매달려 있다가 퍼드득! 날아오른다.
부시시, 머리카락들이 일어선다. 순간, 잠시 멈춰 있던 안개가 피어오른다. 내가 벗어난 시간이 그 안개 속에 버무려진다.

그리운 원주역

스러지는 것이 어찌 햇살뿐이랴
오후 열차도 떠나고 텅 빈 광장
느릿느릿 불어오는 바람
바지 날 세운 몇몇 군인들 휘청이며 지나가고
노을에 앉아 책을 펼쳐든 아가씨 두엇
청춘의 한 시절은 저렇게 흘러가기도 하는 것일까
목청이 터져라 소리 지르며 때때로
화물차가 스쳐 지나가는
광장 귀퉁이에 숨어 불어터진 국수를 먹으면
가을, 살금살금 옷깃으로 파고든다
더러는 제천으로 태백으로 흐르기도 하고
또 더러는 양평으로 서울로 거슬러 오르기도 하는
원주역, 여울물 같은 자리
갈대꽃 한 송이 피지 않고도 가을이 와
떠날 사람들 다 떠난 텅 빈 시간 속으로
놓친 열차를 쫓아 숨어든 대합실
물끄러미 바라보는 한 세상
그렇게 또 한 시절이 지나간다
오후 열차도 다 떠나버린
텅 빈 원주역

길

이만큼 걸어왔다
물구덩이 가시밭길 다 헤치고
쓰린 땀방울 씻어내며
숨 가쁘게 달려왔다
숲 끝에 주저앉아 돌아보면
아득하여라,
걸음마다 묻고 온 시간들
돌아가자고 돌아가자고
칭얼거리는 어둠 일으켜 세우며
다시 재촉하는 길
비틀거려도 쉼 없이 이 길을 가면
만나게 될까, 그리운 세상
문득 솟구치는 저 아침 햇살 같은,
그날

2부

겨울 산을 넘다

죽은 동물의 등뼈처럼
산판한 골짜기에 눈이 쌓여 있다.

육탈(肉脫)

더 벗어버려야 할 무엇이 있어
나는 이렇게 세상에 부대끼고 있는 것일까?

마침내는 저 뼈조차 녹아들어
텅 빈 뒤
새 잎 돋아나리.

내 몸에 살 오르는 날,
그날

상원사 가는 길

닳고 닳아
큰스님 백고무신 바닥보다
더 맨질맨질한 눈길 위로
또 함박눈이 내리기 시작했다

홀딱 벗고 내쫓긴 나무들
얼음 구덩이에서 떨고 있는
한겨울

적멸, 바람조차 숨죽인
절간으로 날아든 잣새 두어 마리
손바닥 위에 부리를 씻는다

하염없이 내리는
눈, 눈발
쌓이고 쌓여 더는 기댈 곳조차 없는
그, 그리움

찌른다

머칠 햇살 좋더니
산수유 꽃눈 통통하게 살이 오른다

그놈 하늘 톡 찔러
빗발 쏟아낸다

세상천지 촉촉하게 젖어
뾰족뾰족 새싹 돋는다

때 맞춰 어김없이 봄 오는
저 눈부신 이치

황사 며칠

사람에게 상처받은 날
목련이 지고 진달래 핀다

세상에 툭툭 내려앉는
저 먼지 속

조는 햇살
스치는 바람

온몸의 뼈란 뼈
모두 풀려
가라앉는 시간

어디쯤일까
내 마음 거슬러 가는 곳은

고비사막?
먼지바람 시작된 그곳

목련은 지고, 느티나무 새 잎 돋는

황사 며칠

발자국

세상에서 가장 이쁜 것
아무도 가지 않은 눈길에
꽃잎처럼 흩어진 새 발자국

오호, 이놈은 외톨이였군
어, 이놈들은 씨름판을 벌였군
어허, 여기 두 녀석
얼음 위에 아예 댓잎자리 보았군

길 가로질러 숲으로 사라진
발자국
그 숲 속 없는 새 바라보는 내 마음

우중 장엄雨中 壯嚴

교과서를 읽다 문득
내다본 창밖
빗줄기 드세게 쏟아진다
하늘 아득하다
꽃 피지 않은 개나리 진달래 숲길을
우산도 없이 한 사내가 지나간다
우중 장엄
꽃잎, 부시시 깨어난다
아이들도 나도 하염없이
빗줄기만 바라본다

폐허
— 수수꽃다리

학교 옆,
주택조합 결성 축하
현수막이 걸리더니
멀쩡한 집 때려부순다
쿵 쾅 쿵 쾅
몇 번 두들겨대니
벽돌빛도 선명한 집 무너져 내린다
저 집 짓고
마음 넉넉했을
누구의 행복도 흩어진다
순식간에 쓰레기 더미가 된
집터
혼자 남은 수수꽃다리 꽃눈 트더니
며칠 사이
환한 꽃망울 터트린다
폐허에 돋아난 생명이
눈부시다

첫눈

셋째 시간, 하늘 갑자기 어두워지더니
눈발 퍼덕이기 시작한다
첫눈이다
아이들 모두 소리 지르며 창가로 몰려간다
나도 책 덮고 날리는 눈 바라본다
마음 어느새 잔잔해진다
순간, 눈발 그치고 햇살 쨍하다
저런 것인지도 모른다
삶이란 잠시 오다 그치는 첫눈 같은 것
나 그저 이 길의 귀퉁이에 서서
저 눈발 바라보며 시간 흘려보내는 것
십일월 첫 날에 첫눈 내리고
내 생의 길고 짧은
하루가 지나간다

잠을 깨우다

십일월,
산 발치 멀쩡히 자라던
산수유와 단풍나무를
집 앞에 옮겨 심었다

매운바람 불자
심은 나무 얼어 죽을까 마음 조마조마하다

멀쩡히 자는 녀석
자리 옮겨 누이고 잘 자라고
다독거리는 이
어리석음

쑥부쟁이 피는 사연

붉나무, 제 이름 값 하느라
남 먼저 붉게 물든 아침

어제보다 한 잎 더
가까이 발 내디딘 가을

나직한 햇살, 싱그러운 바람

세상 잔잔하라고 비로소
얼굴 드는

저 쑥부쟁이

자목련

아이들 다 돌아가
텅 빈 교정
사월 나직한 햇살
자목련 꽃송이마다 눈부시다
하루 종일
아이들 웃음소리 거름 삼아
빛나는 꽃 몇 송이 피워냈으니
한가한 봄날 늦은 저녁쯤
고스란히 제 차지인들 어떠랴

멍석딸기

호박잎 위 후두둑
빗발 진다
새벽비 내린다
멍석딸기 익어간다

나 그곳에 가지 못한다

쓰레기 분리수거, 결시생 보고, 교내 순시,
공문서 정리, 학교생활기록부 재작성하는 사이

빗발 멎고,
멍석딸기 문드러진다

민진이

민진이 아침마다
학교에 오네

아버지 자전거 뒷꽁무니에 매달려
가방 메고, 신주머니 들고,
흔들거리며

민진이 얼굴 가득 주근깨
아버지 흩날리는 흰 머리

제 이름도 못 쓰는 민진이
"아영하세요오, 성생밈"

그 소리 학교 가득 퍼지네
온 마음 맑아지네

햇살 투명한 봄날이나
눈비 내리는 궂은날도
민진이 학교에 오네

배울 것 없어도 놀 것 많은
학교에 민진이 오늘도
오네

성적도 수업도 다 제쳐둔
민진이 맑은 인사 소리에
대한민국 중학교
온통 환하게 밝아지네

민들레

봄볕 따순 날
학교 담벼락 밑 화단에
민들레 일렬횡대로 피어 있다
막 고샅길 놀러 나온
어린아이처럼
눈살 찌푸리고 햇살 구경하고 있다

점심시간
교복깃 눈부신 아이들 몇
벽돌담에 기대어 해바라기하고 있다
열아홉 시린 웃음소리
맑은 하늘에 흩어진다

민들레 홀씨 날리듯
저 아이들
팍팍한 세상으로 퍼져 나가리
그 꽃씨로 세상 온통 눈부시리

참 순식간이다

목련꽃 지고 잎 피더니
문득, 수수꽃다리 향기
먼지 구덩이 운동장 건너
온 교실에 퍼진다
참 순식간이다
저렇게 작은 꽃송이들이 모여
세상에 가득 제 내음 피워올리는 건

제 이름조차 못쓰고 삐뚤빼뚤
칠판 가득 지렁이만 그려놓더니
비 온 뒤 화단 풀섶 뒤져 잡은 달팽이
그놈 구경하느라
날 저무는 줄 모르고 쪼그려 앉은
형선이
참 순식간이다
아이들 마음 여기서 저기로 건너뛰는 건

여린 잎새들 자라나

잎새들이
새봄을 만든다

잎새들이
죽음의 겨울을 이겨내고
여리디여린 봄 세상을
만든다

아이들이
새 나라 만든다

말랑말랑한 살결로
팍팍한 한세상 뛰어넘어
우리들 그리운
그 나라 만든다

여린 잎새들 자라나
한여름 폭염을 덮어버리는
푸르른 세상 만들듯

몸

한 열흘
몸이 시키는 대로 살았네

졸릴 때 자고
배고플 때 먹고
겨울 햇살에 누워
눈 아물아물하도록 책 읽었네

세상 거리낄 것 하나 없었네

시간에서 벗어난
이 자유로움

매운바람도 꽁꽁 언 돌멩이도
다 사랑스러웠네

몸이 마음인 것
새삼 깨달았네

사월에서 오월로

아카시아 나무는 겨울
떡갈나무는 봄
잎 그늘은 벌써 여름이다

까치집을 지은 곳은 겨울

집 고칠 대들보 하나 물고
봄에 나앉은 까치 한 마리
겨울과 여름을 두리번거리다
훌쩍, 겨울로 날아오른다

시간을 거슬러 가는 저 움직임

진달래 지고, 개나리 잎 돋고
조팝나무꽃 하얗게 피어난다

사월에서 오월,
그 어름.

떡갈나무의 하늘

밤새도록 발치에
눈물 흘려
푸른 잎새 사이
새벽빛 풀어 놓는다

떡갈나무 울음 속
넋 놓고 잠들고 싶은
여름 하루

그, 다산 茶山
— 한상준 형에게

 새벽 두 시, 그가 취한 목소리로 전화를 했다. 강진에서 한양, 천리 길을 날아온 그의 목소리에 백련사 동백꽃이 후둑후둑 지고 있다. 저물녘, 마량 바닷가 어디쯤에서 지는 노을 안주 삼아 한잔 한 것일까?
 살아가는 일이 힘겹다고, 갯바위에 달려와 부서지는 물살 너머 아득하게 스러지는 나날. 보리잎 여리게 돋아나는 시절, 돋아나지 못하는 희망의 싹을 보듬고 사는 그, 외로움. 소리 없이 스며드는 바닷물처럼, 몸 뒤채는 기척조차 없이 어둠은 밀려오고, 마실수록 또렷해오는 의식의 끈을 잡아채며, 그의 목소리가 흔들린다.
 한번 오씨요, 와서 한잔 진허게 헙씨다. 살아가기 참말 힘드요. 긍께 한번 오씨요, 잉.
 시절이 하 수상하여 쫓겨간 사람, 바닷바람에 제몸 하얗게 말리며 밤새 붓 심지 돋워 써내려갔을 다산, 그 또한 더운 피 식혀가며 하루하루 견뎌냈으리.
 바람이 불고, 동백꽃잎은 후두둑 지고, 가슴에 툭툭 설움은 내려앉고, 두 눈 형형하게 빛내며 맞이할 아침은 아득한데, 봄은 깊어 두견이 울음조차 갈라지는 한밤중.

그가 전화를 했다. 취한 목소리, 지친 말투. 어둠
속, 천리 길을 달려온 그가 나를 불러낸다. 그의 발
길에 백련사 동백꽃이 후둑후둑 지고 있다.

오월, 떠돌이의 노래

논물 그들먹한 때 나는 좋아라.

저녁 어스름, 산그늘이란 놈은 자꾸
논 안으로 잠겨들어,
아직 가야할 먼 길조차
이런 날이면 쓸 데 없어진다.

논물 찰랑이면 마음도 넉넉해져라.

내일이면 들밥 인 아낙네
벼 포기 속으로 걸어 나올 게다.
산 그림자마다 꽂아둘
어린 모 찰랑이는 소리

—무논 바라보며 느긋해지는 것은
내가 농경부족의 후예인 탓?

논물 그들먹한 날은 어디를 가도
다 내 고향
허위허위 넘던 세상 짐 다 벗고

바짓가랑이 걷고 싶어라.
걷고 들어가 무논에 누워
하룻밤 과객過客 되고 싶어라.

태풍, 뒤

옥수수 대궁이 길게 누워 있었다
라마순이 지나간 자리

낙엽송 몸 뒤채는 아침
동해로 빠져나간 태풍

아직 아쉬운 손끝으로
숲을 잡아채고 있었다

그 손길에
툭 툭 풀리는
저, 초록 천지

사십이불혹?四十而不惑

눈부셔라,
가을 햇살 속
투명하게 지는 잎새.
속살까지 드러내고도
부끄럼 없이 지상에 내려앉는
저 여린 손바닥
아름답게 지지도 못하고 스러지는
삼십대는 얼마나 쓸쓸한가.
불혹 코앞에 둔
어느 날,
세상은 눈부신 잎새들로 가득하고
그 잎새 앞에서 나는
온통 유혹당하고 있었다.

사이

그 일요일
어머니 세상 뜨시던 날
개나리 피기 전
매운바람 불던 날
세상 온통 캄캄한
어둠이던 날

삼우제 지내고
돌아오는 길
산등성이에 피어난
노란 개나리, 흰 목련, 붉은 진달래

그 며칠 사이
세상 온통 무채색에서 유채색으로
바뀐
순간

생은
흑백 사진과 천연색 사진 사이 같은 것

내 마음 안에 흘러가는 시린 물줄기 하나

한글
— 어머니 1

칸 굵은 초등학생용 공책 펴놓고
우리 어머니
마루에 엎드려 한글 쓰시네
나이 쉰 넘어 처음 쓰는
기역 니은
시집오기 전 오빠들 글공부 할 때
어깨 너머로 배운 글자들
읽을 줄은 알아도 쓸 줄은 몰라
내동 답답했다는
어머니
중학생 아들에게 새삼 배우는 가갸거겨
엎드린 어머니 어깨 위로 내려앉은
시린 가을 하늘
연필에 침 발라 굵직굵직하게 그어내린
하늘을 가르는 선

孺人江西金氏之墓
배운 글자 아니라 못 읽으실까
나 오늘 아들녀석 크레용으로 살살 덧붙여 놓네
'김용주, 우리 엄마 누워계신 집'

함박꽃
— 어머니 2

햇살 참 맑다, 오월 끝자락
창을 열자, 잎 돋은 나무들 어깨로
물 오르는 빛이 보인다
햇살은 나무 몸뚱이에도
팔과 손바닥에도 자락자락 내려앉는다
산뽕 따러 가신 울 엄마
기다리던 네댓 살 그 시절로 돌아가
마루 끝에 앉은 내게
아슴아슴 달려오는 그날의 햇살
숨차게 돌아오신 어머니의
뽕 짐에서 피어나던,
어찔어찔한
함박꽃 향기
그날 내 마음에 차오르던
오월, 참 맑은 저
햇살

산벚나무
— 어머니 3

어머니 삼우제 지내고 돌아오니
뒷산, 산벚나무꽃 눈부시게 피어난다
그 그늘에 앉아 바라보는
하늘 시리게 푸르다
후두둑 후두둑
지는 꽃잎 속
마음 둘 데 하나 없다
어디서 나타났는지
까치 한 마리 꽁지를 까딱이며
꽃잎에 숨어 나를 바라본다
어머니 영혼 같은 저 눈망울
자리를 털고 일어나자
까치는 날아가 버리고
텅 빈 내 마음속으로
마구 들이치는 저
꽃, 꽃잎

소리
— 어머니 4

마흔셋이 넘자 눈이 어두워지기 시작했네
신문이 먼저 눈에서 멀어지고
사전도 책도 점점 눈과 거리를 두네
보일 것이 보이지 않는 이 아쉬움
대신 들리지 않던 것들이 다 들리네
수업 시간에 소곤거리는 아이들 소리
복도를 지나가는 슬리퍼의 긴 울림
바람을 머금었다 뱉어내는 시골집 소나무 소리
쩡쩡 갈라지는 얼음의 울음소리
사람에게 마지막까지 남는 감각은 청각이라던가
산소호흡기로 목숨 이어가시던 어머니
저 옮긴 학교 잘 다녀요
난 지 한 달 된 늦둥이 진형이
건강해요
진학이도 공부 잘해요
목메어 잠긴 내 소리도 다 들으시고
희미하게 웃던 어머니의 눈동자
말 마치자 눈 감으시던 그 모습
어머니 내 소리 다 들으시고,
나는 어머니 마음속 숱한 소리 듣지 못하고

마흔셋이 넘으니 지나온 소리 다 들을 듯하네
달빛이 구름 벗어나는 소리
그 빛 날아와 솔숲에 내려앉는 소리
산 허리께 누워 오고 가는 우리 식구 바라보는
낮은 햇살 같은 어머니의 말소리까지

자리
— 어머니 5

봄 여름 내내
책상 위에 놓여 있던
난초 분 하나
슬쩍 꼬리를 내리기도 하고
툭 치고 올라가는 품새
그 잎새가 난초의 품위인 줄 알았다
가을이 되어 분을 치우자
갑자기 텅 비어버린 자리
어쩌다 눈길을 던질 때면
흐릿하게 남아 있는 잎새의 모습
없으면서 있는 그것이 제 모습인 줄
새삼 깨닫는다

어머니 세상 뜨시고
빈자리마다 남아 있는 흔적들

있으면서 없고,
없으면서 있는
이 외로움

법흥사 버들치
— 어머니 6

영월 법흥사 절터 앞에는
작은 개울 하나 있지요.

발 시리게 찬 그 물에
버들치 마을 이루고 살지요.

가만히 두 손 내밀면
바윗돌인 줄 알고 달려드는 버들치 떼

아무나 손 내민다고 그놈들
모여 드는 것 아니지요.

돌아가신 어머니
젊었을 때 다니시던 절터

버들치들 내게 모여드는 건
내 손 끝에 남은 어머니의 옛 기억 때문이겠지요.

산길 넘어가던 고갯마루에서
어머니 몸에 배었던

뽕나무, 함박꽃, 개불알꽃
그놈들 향기 때문이겠지요.

칡꽃 피는 그날이 오면
— 김형식에게

그리움이 없으면 살아 무엇 하리
조팝나무꽃 하얗게 부서지는 오월
산그늘에 앉아 그대에게 편지를 쓴다
햇살은 연초록 잎새마다 새 빛을 틔우고
샘물은 제 소리에 흥겨워 풀섶을 흘러가는데
그리움이 없으면 살아 무엇 하리
날마다 키 늘이는 칡넝쿨처럼
내 사랑 목마르게 뻗어가리니
그대가 걷는 세상길 흔들릴 때마다
이 줄기로 그대의 마음을 묶고
잎새로 그대의 그늘이 되어 주리
이 맑은 숨결로 늘 그대 곁에 남아
팍팍한 세상길 성큼성큼 걷게 하리
그리하여 칡꽃 피는 팔월이 오면
거센 땡볕 스러지는 어느 저녁나절
등불처럼 우리 향기 온 땅 가득 피워올리리
그 향기 세상 끝날까지 그리움으로
우리 살아 있게 하리
조팝나무꽃 하얗게 부서지는 오월
산그늘에 앉아 그대에게 편지를 쓴다

그리움이 없으면 살아 무엇 하리

지울 수 없는 사랑
— 정원에게

어둠은 산 발치에서 시작된다

발아래 어린 숲을 덮고
슬금슬금 인간의 마을로 내려와
길을 넘고 지붕을 건너뛰어
세상의 모든 풍경들을 제 안에 가둔다

그러나 어둠은 모른다
제가 가두는 것들이 다만
풍경의 거죽이라는 것을
아무리 가두어도 끝내
지울 수 없는 사랑이 있다는 것을

창 낮은 집, 여린 불빛 하나
시냇물처럼 흘러나온다

그 사랑으로 세상 환히 빛난다

희방사역

일찍 핀 코스모스 바람에 흔들리는
낡은 역사驛舍
내리는 사람도 타는 사람도 없어
서는 열차조차 드문
희방사역
거기 어디 우리 희망 하나쯤 남아 있는지
스쳐 지나는 열차 꽁무니에 매달린
꿈 몇 조각마저
철길마다
아득하게 흩어지는
가을 소백산
무릎 언저리

처음 그대는

처음 그대는 물방울이었다
지상의 여린 풀잎에
살며시 내려앉는
작은 이슬방울이었다

처음 그대는 잎새였다
옅은 바람에도
온몸 흔들리는
투명한 잎새였다

이제 그대는 넉넉한 강물이고
이제 그대는 아름드리 미루나무다

깊은 골짜기, 속살대는 개울을 지나
사랑의 긴 평야를 지나온 그대

오랜 세월 발밑으로 흐르는
물살에 마음을 헤적여온 그대

처음 그대는 작은 물방울이었고

처음 그대는 투명한 잎새였지만

이제 우리는 사람의 마을을 적시는
큰 강,
넉넉한 바람을 부채질하는
큰 나무다

이제 우리는
미루나무 우뚝 선 강가
서로의 마음에 잔잔하게 내려앉는
저녁노을이다.

눈 오는 날

눈발 오지게 퍼붓는다
아이들 운동장 가득 몰려다니며
눈밭 휘젓는다
서너 개 공이 한꺼번에 치솟고
사방 천지 온통 하얗다
아이들과 아이들 사이
세상 환히 밝힐 아침이 온다고
그 아침 미리 맞겠다고
저렇게 세상천지 가득
눈발 오지게 퍼붓는다

가을 제비꽃

성수대교가 무너진 날
화단 귀퉁이 제비꽃 몇 송이
마른바람에 몸 뒤척이고 있다
착한 딸이 되겠다던 다짐도
어머니 대신 꾸려오던 지친 삶의 나날들도
무심한 물결 너머로 흩어지는데
여린 아이들, 이 땅의 참한 꽃송이
부둥켜 안아줄 손길 하나 없는
흐린 구십년대의 팍팍한 모래바람 속으로
철 지난 제비꽃 몇 송이
여리게 흔들리고 있다

두릅의 말

나 새잎 피워보지도 못했네
겨우내 온몸으로 견뎌낸
매운바람도 다 허사였네
봄 햇살 따스하게 오를 때
내 몸 스물스물 간지러워져
마침내 세상에 내 새순 밀어 올렸네
나, 순한 바람 촉촉한 이슬 머금고
날마다 몸 늘여갔네
이웃한 풀잎들 내 발바닥 간지르며
속삭였네
거기 아직 있었어?
작년의 당신 맞아?
새 얼굴로 돋아나는 연초록 잎새들에
내 마음 온통 환하게 밝아졌네
나 손바닥 펴고 풀잎들에게 마음 전했네
머지않아 팔 벌려 더위 막아주리라 생각했네
하지만 다 허사였네
채 펴기도 전에 똑똑 분질러져 버린 내 몸
아무도 세상에 제 팔 벌리지 못했네
나 차라리 굽은 나무로 태어나

선산이라도 지키고 싶었네
얼굴 들기 무섭게 할퀴어버린 상처
봄이 와도 나 겨울이었네
몸 떨어져 나간 자리 송송
눈물방울만 돋아났네
잎 피지 못한 나무들만 가득한 숲 속에서
오지 않는 봄을 노래하며
뻐꾹새만 한나절 울고 있었네

메뚜기

머리가 온통 훌렁 벗겨진 그놈이
차창 앞에 안간힘을 쓰고 매달려 있다
배에는 임금 왕자도 못되는 주름 천지에
눈두덩이는 툭 튀어나와 얼굴 반을 차지하고
꼴에 연초록 잎새 같은 몸뚱이를 한 채
시동을 걸고 차가 덜컹이자 움찔움찔한다
커브를 돌 때는 온몸의 힘을 다해
유리에 버팅겨보기도 한다
신호에 걸려 주춤하는 사이, 놈은
조금 몸을 움직여본다, 그러나
차가 출발하자 다시 발로 버팅긴다
맞바람이 힘겨운지 날개를 파닥이기도 한다
한남대교 지나고, 고속도로를 거쳐 서초동에 이를
때까지
놈은 겨우 제 몸의 두어 배 정도 움직였다
성북동에서 서초동, 15킬로미터를 오는 동안
녀석이 움직인 거리는 15센티나 될까?
학교에 차를 세우고 보니, 낯선지 지쳤는지
녀석은 미동도 않는다
생각해보니, 내게는 얼마 안 되는 그 거리가

녀석에게는 얼마나 멀고 험했을까?
메뚜기가 달려온 15킬로미터처럼
내가 이 세상에서 달려온 길은 얼마나 될까?
내가 녀석을 전혀 다른 세상에 옮겨 놓았듯
누가 나를 15만 킬로미터 정도 달려
먼 세상, 먼 나라에 옮겨놓아 줄 수 있을까?
그때, 나 그 녀석처럼
점점 벗겨지는 머리 쓰다듬으며
안간힘 쓰고 생이라는 유리창에 매달려 달려온
세상의 낯선 기쁨을 받아들일 수 있을까?

양수리의 밤

강물 위 일렁이는 황금빛 노을
눈 돌리면 가슴 턱 막는 부신 벼이삭들
가끔씩 저렇게 황홀한 날도 있는 법이거니
가을 어느 날 북한강 줄기를 따라 가다 보면
보잘 것 없어 보이던 내 삶도 아름다워라
흐르지 않는 것 같은 물살들
서로 손 맞잡고 흘러 한 굽이 이루나니
우리도 흐르고 흘러 누구의 마음에
시린 강물쯤은 되는 것일까
후두둑 지는 빛바랜 잎새만
허공에 금 하나 긋는 가을날
인적 지워진 길 위에 서서 바라보면
불쑥 찾아온 저녁 어스름
하나 둘 사람들 마을에 등불이 켜지고
뒤척이는 물살, 지는 노을
가라앉는 한 생애
우리도 저렇게 낮게 가라앉으며
세상의 끝을 향해 걸어가고 있는 것은 아닌지
바라보면 강물 위 일렁이는 황금빛 노을
눈 돌리면 가슴 턱 막는 부신 벼이삭들

생의 한 굽이 어디쯤
가끔씩 저렇게 황홀한 날도 있는 법!
가을 어느 날 북한강 줄기를 따라 가다 보면
아름다워라, 보잘 것 없어 보이던 내 삶

연대連帶

네 살짜리 우리 막둥이
할머니 산소 아래 지나 시골집 갈 때면
시키지도 않은 말을 한다
"할머니 안녕하세요?"

시골집 떠나올 때나
시장 가는 길이면 또 어김없다
"할머니 안녕히 계세요."

아이의 마음에 할머니가 있기나 할까?

저 태어나고 한 달 만에 돌아가신 할머니
저 깊은 연대連帶

뻐꾸기

밤새도록
누굴 찾아 가슴 찢는지

뻐꾸기 울어
어둠 밀려가고

새벽 온다

피울음 쉬어터진
그리움 한 줌

시간은 그 자리에 멈춰 서서
우리를 부르고

가끔씩 걸어가다 뒤돌아보아라
거기 시간이 멈춰 서서 우리를 손짓해 부르고
무심히 흐르는 개울물 소리에 묻혀
걸어온 길 문득 아득하게 사라진다
사람들 어울려 발 담그고 물장구치는 사이
엎드린 바윗덩이 등짝으로
돌단풍만 잎새를 넓혀가는
유월의 용추 골짜기
물 속으로 한 세상을 이루는
버들치, 메기, 송사리 떼
우리도 저마다의 아픈 이름으로
세상의 바람 속을 헤쳐왔다
다래덩굴 하늘을 가리며 뻗어 있는 개울 너머
숨결 멈추고 숨어있는 기억 속의 빈 터
아이들 다 떠나고
깨진 창 너머 웃자란 잡초들과
빛바랜 '유신 과업 완수' 표어만 남아 있는
낡은 분교
골짜기마다 흩어져 살아오던 사람들 모두 사라진
유월, 용추, 칼봉산, 물소리

가다가다 뒤돌아보면
거기 시간은 멈춰 서서 우리를 손짓해 부르고
무심히 흐르는 개울물 소리에 묻혀
걸어온 길들 문득 아득하게 사라진다

*용추계곡 : 경기도 가평 명지산 자락에 있는 계곡.

'시간의 종말' 일까, '시간들' 일까?

김진경(시인)

순환적 시간과 초월적 시간

인간에게 죽음은 영원히 극복될 수 없는 벽이자 두려움
이다. 그렇기 때문에 어느 문화든 나름대로 죽음의 두려
움을 완화하는 양식들을 가지고 있기 마련이다.

아시아의 전통적 사상들은 대체로 인간의 질서도 자연
의 질서에 속해 있다고 본다. 자연이 봄 여름 가을 겨울
다시 봄으로 순환하듯이 인간의 삶도 그렇게 순환한다는
것이다. 불교의 윤회론이나 주역이나 모두 이 순환적 시
간관에 입각해 있다. 이 순환적 시간관도 죽음의 두려움
을 완화하는 하나의 양식이라 할 수 있다. 태어나서 성장
하다가 늙어 죽고 다시 태어나기를 끊임없이 반복하는 것
이라면 죽음이란 사건은 별 게 아닌 게 된다. 순환적 시간
관은 시간의 의미를 느슨하게 만들고 끝내는 무화시킴으
로써 죽음으로부터 우리를 구원하려 한다.

적어도 우리 전 세대까지의 아시아인들은 사적으로는

이 순환적 시간관에 입각해 삶을 영위하였다. 전통적 인도인들은 50이 넘으면 출가하여 도를 닦으며 죽음을 준비했다고 하는데 전생과 다가올 생을 생각하는 일일 것이다. 한국의 "나이 사십은 귀신이 보이는 나이"라는 시구절이나 노인네들이 수의를 미리 만들어 놓고 좋아하는 것도 비슷한 뜻일 것이다.

우리 세대 역시 전 세대처럼 그러한 삶의 양식을 추구하지는 않지만 무의식적으로 순환적 시간관에 익숙하다. 동남아나 몽골을 여행할 때 느끼는 묘한 편안함과 안도감은 이와 무관하지 않을 것이다. 한국에서는 많이 사라져버린 순환적 시간관에 입각한 삶의 양식들이 많이 남아 있기 때문에 편안함과 묘한 안도감을 느끼는 건 아닐까?

서구의 기독교적 시간관은 아시아의 순환적 시간관과는 대조적이다. 기독교에서 시간은 인간의 원죄 때문에 발생한다. 기독교에서 말하는 원죄란 인간이 불완전한 질료인 육체를 가지고 태어나는 것을 말한다. 인간이 완전한 질료인 영혼만 가지고 태어났다면 신으로부터 거리가 없고, 따라서 원죄도 없다. 그런데 불행히도 불완전한 질료인 육체를 가지고 태어났기 때문에 신으로부터 거리가 있고, 이것이 원죄라는 것이다. 기독교에서 시간은 이 불완전한 질료이자 원죄의 원천인 육체가 사라져가는 기간을 뜻한다. 죽음의 순간에 불완전한 질료인 육체는 사라지고 인간은 완전한 질료인 영혼만 남아 신에게로 초월해

가는 것이다. 기독교의 시간관은 이와 같이 종말론적이고 초월적이다. 순환적 시간관이 시간의 의미를 느슨하게 하고 무화시키려 한다면 기독교적 시간관은 시간의 의미를 극대화하고 마침내 그것을 초극하려 한다고나 할까?

이 종말론적이고 초월적인 기독교적 시간관은 유토피아 지향을 가장 큰 특색으로 하는 서구적 근대의 바탕을 이루고 있다. 기독교의 시간관과 근대의 시간관이 다른 점이 있다면 신의 유무일 것이다. 근대의 시간은 신이 제거되어 있기 때문에 기계적이다. 역사는 필연적으로 공산주의 유토피아에 도달할 수밖에 없다는 마르크스의 명제에서 우리는 역설적으로 종말론적이고 초월적인 기독교적 시간관의 흔적을 발견한다. 이것은 자본주의의 경우도 마찬가지다. 동구 사회주의권이 붕괴되는 것을 보며 미국의 대표적 우파 이론가인 후쿠야마는 "역사는 끝났다"고 선언하였다. 드디어 자본주의 유토피아에 도달했으니 역사적 과정은 이제 종말에 이른 것이라는 말이다. 물론 동구 사회주의권의 붕괴 이후의 지구촌을 유토피아라고 믿는 사람은 후쿠야마를 비롯한 극소수에 불과할 것이다.

우리 세대는 공적으로는 기독교의 시간관을 바탕에 깔고 있는 근대의 시간을 살았다. 어린 시절에는 미국이라는 자본주의 유토피아를 하루 빨리 따라잡기 위해 미국에서 수입해온 단편적 지식들을 잠을 쫓아가며 암기해야 했고, 대학에서는 미국식 민주주의를 기준으로 해서 군부독재를 비판하기도 했으며, 80년 군부에 의한 민중 학살을 보고는 마르크스주의 유토피아를 대안으로 생각하기도 하였다. 지금은 숨 쉴 틈 없이 밀려와 우리에게 익숙한 시간들을 한꺼번에 폐기시켜버리는 세계화의 도도한 물결 속에 서 있다.

우리가 공적으로 살 수밖에 없었던 근대의 시간은 식민지, 분단, 군부독재로 얼룩진 한국의 역사만큼이나 개인에게도 불편하고 폭력적이었다. 방식이 다를 뿐 불편하고 폭력적이기는 세계화 역시 못지않다. 게다가 이 다른 방식들이 우리를 무척 혼란스럽게 한다.

혼란스러울수록 근본적인 질문을 던져보는 것도 한 가지 방법이다. 사적으로 무의식적으로 익숙한 순환적 시간에 입각해서 공적으로 살아내야 했던 종말론적, 초월적 시간에 질문을 던져본다고나 할까?

이 시집에 실린 최성수의 시는 사적으로 무의식적으로 익숙한 순환적 시간에 입각해서 종말론적이고 초월적인 근대의 시간에 대해 질문을 던지는 데서 출발하고 있다.

학교 옆,
주택조합 결성 축하
현수막이 걸리더니
멀쩡한 집 때려부순다
쿵 쾅 쿵 쾅
몇 번 두들겨대니
벽돌빛도 선명한 집 무너져 내린다

저 집 짓고

마음 넉넉했을

누구의 행복도 흩어진다

순식간에 쓰레기 더미가 된

집터

혼자 남은 수수꽃다리 꽃눈 트더니

며칠 사이

환한 꽃망울 터트린다

폐허에 돋아난 생명이

눈부시다

―「폐허」 전문

　전통적 사고에 의하면 집이란 것은 단순한 거주기계가 아니다. 그것은 인간이 깃들어 사는 곳이기도 하고, 인간의 삶에 의미를 부여하는 질서가 담긴 우주의 축소판이다. 그러기에 전통시대의 가옥에는 온갖 신들이 자리 잡고 있었다. 근대를 살아가는 우리들에게 이러한 집에 대한 전통적 사고는 거의 사라졌다. 하지만 우리 무의식 속에는 그 흔적이 의연히 남아있다. 그래서 집은 "저 집 짓고/ 마음 넉넉했을/ 누구의 행복"일 수 있다.

　"누구의 행복"이었던 멀쩡한 집이 위 시에서는 몇 번의 두들김에 힘없이 무너져 내려 순식간에 폐허로 변하고 있다. 왜 그런가? 그것은 "주택조합 결성"으로 상징되고 있는 근대적 기획 때문이다. 사회주의 유토피아든 자본주의 유토피아든 도달지점을 향해 근대적 기획은 기계적으로 작동한다. 이 근대의 거대기획 속에서 개인이나 집은 하나의 부품과도 같고, 집은 기획의 세부내용 변경에 따라 언제든지 갈아 끼울 수 있는 거주기계일 뿐이다. 폐허가 자연에 대한 제어 능력의 부족에서 오는 게 아니라 그 과도함과 오만함에서 온다는 것은 근대의 기막힌 역설이다. 식민주의의 폐허가 그러했고, 냉전의 폐허가 그러했으며, 지구 환경의 폐허가 그러하다.

이 근대의 과도하고 오만한 기획이 야기한 폐허의 한 가운데서 문득 여리디여린 한 생명이 자기 삶의 한 극점을 꽃 봉우리로 피워내고 있다. 꽃눈 틔우고 환하게 개화하는 수수꽃다리는 순환적인 자연의 시간에 온전히 속해 있는 존재이다. 그 환한 꽃피움은 순환적 시간이 근대의 시간에 던지는 물음 자체이다 이 물음은 근대의 기획이 야기한 폐허가 깊어질수록 눈부시다.

최성수가 무의식적으로 친숙한 순환적 시간에 입각해서 근대의 시간에 물음을 던지게 되는 계기는 40을 넘어가는 나이와 함께 얻게 된 지병이다. 이 계기는 적어도 아시아인들에겐 매우 자연스러운 것이다.

마흔셋이 넘자 눈이 어두워지기 시작했네
신문이 먼저 눈에서 멀어지고
사전도 책도 점점 눈과 거리를 두네
보일 것이 보이지 않는 이 아쉬움

대신 들리지 않던 것들이 다 들리네
수업 시간에 소곤거리는 아이들 소리
복도를 지나가는 슬리퍼의 긴 울림
바람을 머금었다 뱉어내는 시골집 소나무 소리
쩡쩡 갈라지는 얼음의 울음소리
— 「소리」 부분

한 열흘
몸이 시키는 대로 살았네

졸릴 때 자고
배고플 때 먹고
겨울 햇살에 누워
눈 아물아물하도록 책 읽었네

세상 거리낄 것 하나 없었네

시간에서 벗어난
이 자유로움

매운바람도 꽁꽁 언 돌멩이도
다 사랑스러웠네

몸이 마음인 것

새삼 깨달았네
— 「몸」 전문

　서구적 근대에서 시각은 영혼의 창, 이성의 감시구로서
다른 감각기관에 비해 질적으로 우월한 위치를 차지한다.
촉각이라든지 후각 등은 동물적 감각으로서 천하게 여겨
진다. 몸에 대한 이성의 우위, 자연에 대한 인간의 우위,
야만에 대한 문명의 우위라는 서구 근대의 명제는 감각에
서는 시각의 다른 감각에 대한 절대적 우위로 나타난다.
　그러나 사십을 훨씬 넘어가는 나이는 시각의 약화와 다
른 감각의 강화를 가져온다. 여기에 몸이 시키는 대로 살
것을 요구하는 지병은 시각의 우월성을 근거로 하는 인간
의 오만을 여지없이 꺾어버리고 스스로를 자연의 순환적
시간에 속한 존재로서 바라보게 한다.
　최성수의 시가 여기까지에서 끝난다면 시가 아름답고
잘 다듬어져 있기는 하나 흔한 시들 중의 하나가 될 것이
다. 적어도 아시아인들에게는 사십이 넘어가는 나이와 지
병이 관례처럼 그러한 변화를 가져오기 때문이다. '나이
사십은 귀신이 보이는 나이' 라는 서정주의 시구절도 아
마 이러한 관례를 가리키는 말일 것이다.
　최성수의 이번 시집이 갖는 의미는 그 관례적 깨달음으
로부터 한 걸음 더 나아간 데 있을 것이다. 그 더 나아감
은 아시아 지역을 편력하는 여행의 체험으로부터 얻어지
고 있다.

'시간의 종말' 일까 '시간들' 일까?

미국의 도로는 대륙을 가로지르며 바둑판 모양으로 반듯반듯하게 나 있다. 어느 문화인류학자의 말에 따르면 미국이 인디언의 대륙을 가로채 개척할 때 지도에 자를 대고 반듯반듯하게 줄을 그어 땅을 나누었고 그 그어진 금대로 길을 내서 그렇다고 한다. 미국은 인간과 자연, 인간과 인간이 오랜 세월 관계 맺으며 형성한 역사가 없는 나라이다. 그래서 인간의 추상적 관념이 바둑판 모양 도로처럼 일방적으로 현실화할 수 있는 나라이다. 그래선지 어떤 이론이든 미국에 들어가면 복잡한 역사성들이 제거되고 추상화되고 고도로 기능화된다. 프로이트 정신분석학에 비해 융의 심리학이 그렇고, 러시아 형식주의 문학이론에 비해 미국 신비평이 그러하며, 톨킨의 판타지에 비해 르귄의 판타지가 그렇다.

유럽은 미국과 대조적이다. 길이든 지하철이든 반듯하게는커녕 제대로 내기조차 어렵다. 문화재를 피해가야 하기 때문이다. 삶의 양식도 그렇다. 미국하고 별반 다르지 않게 변해버린 한국에 살다가 유럽에 가보면 유럽이 고요하고 정적인 동양 같고, 한국이 서양 같다. 유럽은 완강한 역사성이 느껴진다.

아마도 전통적 근대와 세계화를 구분한다면 유럽과 미국의 차이로 이야기해 볼 수도 있을 것이다. 전통적 근대가 각 국가에 얽힌 복잡한 역사성이 개입해 오는 특징을 지니고 있었다면, 세계화는 역사성이 제거된 추상화되고 고도로 기능화된 미국식 자본주의의 세계적 전면화이다. 그렇기 때문에 후쿠야마의 "역사는 끝났다"는 선언에 대해 우리는 다음과 같이 물어야 할 것이다.

"도대체 거기에 끝날 만한 역사가 있기는 했는가?"

"역사가 끝난 게 아니라 거추장스럽게 복잡한 역사성이 개입해 들어오는 유럽식 자본주의 시대가 끝난 게 아닌가?"

"자본주의 유토피아가 도래한 게 아니라 미국식 자본주의의 세계적 전면화가 도래한 게 아닌가?"

어쨌든 세계화의 영향은 특히 문화 영역에 대해서는 매우 부정적인 것 같다. 최근 젊은 신인들의 작품들에는 이런 거라면 굳이 한국어로 쓸 이유가 있을까 싶은 작품들이 심심치 않게 보인다. 뿐만 아니라 전 시대의 문학작품을 읽으며 문학수업을 한 게 아니라 사이버 세계에 유통되는 문학이나 만화, 애니메이션 영화 등의 다른 장르를 통해 문학수업을 한 흔적이 많이 보인다. 이것은 전통적 모더니즘에 고유한 귀족적 현실 비판과도 거리가 멀다. 거기엔 정말 역사와 시간이 끝나 있다. 유토피아에 도달했다는 의미에서가 아니라 고도로 추상화되고 기능화된 미국식 자본주의의 세계화에 함몰되었다는 의미에서 그렇다.

이러한 경향이 하나의 흐름을 형성하면서 최근 한류와 관련하여 논쟁이 벌어지기도 하였다. 한류가 아시아에 국

한되는 현상을 극복하고 미국 등의 서구로 나아가기 위해 한국적인 것을 철저하게 버려야 한다는 입장과 한국적인 것을 좀더 잘 살려야 한다는 입장 간의 논쟁이 그것이다. 전자의 입장에 서는 문학 예술 작품에서는 후쿠야마의 선언처럼 역사는, 시간은 종말을 고해 의미를 잃는다. 고도로 추상화되고 기능화된 미국식 자본주의를 향한 '시간의 종말', 이것이 우리 문학과 문화의 나아갈 길일까? 현실은 이에 대해 부정적 대답을 준다.

80년에 미국으로 이민 간 한 여성과 길게 대화를 나눈 적이 있다. 그 여성의 경우는 삶의 시간이 80년 한국의 시간에 그대로 멈추어 있었다. 가치관, 인간관계 등이 80년 한국의 시간에 멈추어 미국 현지의 시간과도 어긋나고, 한국의 현재 시간과도 어긋난다. 이로 인해 그 여성은 이중의 희생을 감수하며 살아야 했다. 이것은 정도의 차이가 있을 뿐이지 대부분의 이민자에게 보편적 경험이다. 그리고 점점 더 많이 들어오고 있고 앞으로 더 그러할 한국의 아시아권 노동자들 역시 비슷한 상황에 놓여 있다.

이 세계에는 많은 시간들이 존재하고 있고, 사람들은 그 다양한 시간들을 살아간다. 아시아권을 여행할 때의 인상적 경험은 이 다양한 삶의 시간을 만나는 것이다. 어느 곳에서는 50, 60년대의 우리 얼굴을, 어느 곳에서는 70년대나 80년대의, 그리고 어느 곳에서는 까마득한 옛날부터 순환하고 있는 시원의 시간을 만나기도 한다. 시간들은 순환하는 자연의 시간과 시간이 종말을 고한 미국식 자본주의 유토피아 사이에 다양한 위상을 그리며 펼쳐져 있다. 최성수가 아시아권 나라들을 편력하면서 본 것도 이 시간들이다.

> 서안에서 돈황까지 모래 바람처럼 달려가는
> 기차 차창으로 흘러가는 것은
> 풍경이 아니라 시간이다.
> ─「길 위에서」 부분

아시아권 국가들을 여행할 때 다가오는 것은 자연의 풍광이 아니라 자연의 시간으로부터 시간이 종말을 고한 첨단의 미국식 자본주의 시대 사이에 펼쳐져 있고, 지금도 사람들이 살아내고 있는 다양한 시간들이다. 그 시간들은 우리가 언젠가 지나온 듯한 시간들이기 때문에 그리움과 회한에 젖게도 하고 아득하게도 한다. 회한은 우리에겐 이미 지나간 그 시간들에 근대의 기획을 빙자하여 함부로 버려서는 안 되는 것들이 있지 않았을까 하는 아쉬움에서 온다. 아득함은 우리가 절대적 지향점으로 여기며 살아온 근대의 시간들이 광대한 시간의 스펙트럼 속에서 특별할 것 없는 한 점에 불과하다는 깨달음에서 온다.

> 길은 어디에 있을까? 사방으로 누운 풀들이
> 누군가 지나간 흔적처럼 남아 있을 뿐

무한 천공의 벌판에 나는 길 잃은 낙타 한 마리로 떠돌고
있다.

낮은 구릉 아래 숨어 있는 겔에서는 어린 날 사진 속의 내
누님 같은 아낙네가 환하게 웃고 있었다. 연신 아이락을 따
라주며 벌판 끝을 바라보던 그 아낙, 집 떠난 낙타를 찾아
칠백 리가 넘는 물가로 갔다는 남자를 기다리며 들꽃처럼
곱게 늙어가고 있었다. 마음이 함께 있으면 칠백 리도 지척
이라는 뜻일까?

밤이 와 불빛 하나 없는 고비에 등불 대신 별이 켜진다.
구름 높이에서 빛나는 별, 큰 붓으로 그려낸 듯 중천에 가
로누운 은하수
야생의 낙타처럼 고비에 둥둥 떠
나는, 흘러간다.

별은 구름이 되고, 구름은 바람이 되고,
바람은 풀이 되고,
풀은 끝내 저 혼자 흘러 흔적이 된다.
— 「고비에서」 부분

사람들이 절대시하며 살아가는 시간들이 길이라고 부
르기도 어색한 광대한 초원의 희미한 흔적 같은 것일 뿐
이라는 깨달음. 태고부터 지속되고 있는 자연의 순환적

시간은 그 위에서 살아가는 사람들의 다양한 시간들을 희미한 흔적들로 포용하고 있다.

최성수는 위와 같은 깨달음을 통해 사람들이 살아가는 다양한 시간들을 포용하는 세계를 꿈꾸기 시작한다.

알록제비꽃 이웃에 남산제비꽃이 산다. 옆 마을 고깔제비꽃이 아침이면 기상 나팔을 불고, 일제히 눈 뜨는 제비꽃 세상. 태백제비꽃 일 나간 사이, 금강제비꽃 아이들 돌보고, 점심 챙겨오는 졸방제비꽃. 저물녘이면 둥근털제비꽃과 잔털제비꽃이 아이들 모아놓고 옛이야기 한자락 풀어놓는데, 하늘에는 별이 초롱초롱 빛난다. 제비꽃 아이들의 눈망울도 별처럼 빛난다.

평산 신씨 현민이네 이웃에 가구공장에서 일하는 몽골 사람 제렌데지드가 산다. 옆집 반 칸 지하방에는 조선족 림춘애 씨 흑룡강성에 두고 온 자식들 생각에 밤마다 눈물 젖는데, 파키스탄이 고향인 압둘 아마드는 이슬라바마드보다 가리봉동이 낯익다며 웃는다. 까무잡잡한 얼굴에 흰 이가 환한 그의 웃음은 한국 사람과 닮아 있다. 베트남에서 시집온 카오티홍니는 시집올 때 가져온 모자 '논'을 쓰고 들일 나서고, 비닐하우스 파프리카 농장 바쁜 손 놀리는 네팔 사람 크리슈나 라마 부부는 공장 다닐 때 떼인 월급보다 사장의 욕설에 더 가슴이 떨린다.

제비꽃 나라에는 제비꽃이 산다. 저마다 다른 이름을 가지고, 제비꽃이라는 얼굴로 '어울려' 한세상을 산다.

　　— 「제비꽃 나라」 전문

지금 한국문학의 한 극점에는 역사와 시간이 끝나버린, 그래서 모국어나 문학적 전통이 무의미해진 작품들이 존재한다. 그것은 원본과 복사물이 구분되지 않는 그 구분 자체가 무의미한 매트릭스의 세계 시뮬라시옹의 세계이다. 시뮬라시옹의 세계에서 국적을 묻는 것은 원본이 뭐냐를 묻는 것과 같아서 무의미하고 불필요한 일이다. 이러한 입장에 있는 작가들에게는 한국문학이라는 말 자체가 성립이 되지 않기 때문에 그것이 한국문학의 바람직한 길이 아니니 기니 하는 논란 자체가 있을 수 없다.

"한국적인 것을 살려야 한다"는 주장도 그것이 기왕의 폐쇄적 민족주의에서 나오는 것이라면 한 동전의 다른 측면에 불과할 것이다.

미국식 자본주의라는 매트릭스 세계는 결코 전세계화될 수 없다. 지구상의 전 인구가 미국식 소비문화를 향유하기 위해서는 지구가 한 스무 개쯤 필요할 터이니 그것은 애초에 불가능한 일이다.

자본주의는 늘 원시적 축적을 추구한다. 유럽 상업자본주의는 신대륙의 발견을 통해 원시적 축적을 했고, 산업자본 시대의 식민지 경영, 냉전시대의 전쟁과 군비경쟁들이 그랬다. 그러면 세계화 시대의 자본주의는 어떤 방식의 원시적 축적을 추구하고 있을까?

아시아의 나라들을 여행하다가 우리로 하면 50년대, 60년대, 70년대식 거리에 맥도날드의 화려한 간판이 불을 켜고 있는 걸 보면 좀 기괴한 느낌이 든다. 미국식 자본주의라는 외계로부터 원시적 축적을 위해 날아와 앉은 비행접시 같다고나 할까? 세계화 시대 자본주의의 원시적 축적방식은 구체적으로는 환율의 차이, 저임금 등으로 나타나는 시간의 낙차를 빨아들이는 것이다. 이러한 원시적 축적방식은 세계적 차원에서든 한 국가의 차원에서든 급속히 양극화를 진행시킬 것이다.

그러나 양극화란 말도 어쩌면 미국식 자본주의의 입장에서 나오는 말이다. 그 반대쪽의 입장에서 보면 미국식 자본주의의 매트릭스라는 디스토피아와 끝내 거기에 흡수될 수 없는 다양한 시간들이 있을 뿐이다. 이 다양한 시간들의 의미를 찾아나가는 것이 한국문학의 다른 극점이 아닐까?